La Lorgnette

Des Coulisses.

Si placet tuum est.

Prix : un Franc.

PARIS,

Chez { BARBA. DELAUNAY. PÉLICIER. LADVOCAT. } Libraires au Palais-Royal.

1820.

DE L'IMPRIMERIE DE HOCQUET.

AVIS.

Il paraîtra sous peu de jours un supplément à cette brochure.

Au Public.

Dans ce siècle de frivolités, où les yeux se fatiguent à force de rechercher des illusions, ne soyez pas surpris, mon cher monsieur Public, que moi, qui travaille depuis quarante ans à perfectionner les vues courtes, je vous fasse hommage de ma Lorgnette. Daignez user de l'invention, et je vous assure que vous verrez clair dans le chaos dramatique. Chaque auteur a sa dose de vanité : la mienne est de vous plaire, en vous menant dans le sentier de la vérité. Vous voyez que je ne prends pas la voie commune...... quoique ma prétention soit élevée, j'ose ambitionner vos suffrages. Apprenez ma science pour votre amusement : prenez une de mes lorgnettes ; faites semblant de regarder ce poète dont la plume croit écrire des vers tout neufs en l'honneur de cette actrice médiocre, de cet acteur grimacier, de ce dramaturge à la lisière, de ce philosophe chauve à paragraphes cyniques : mais voyez ces vieux manuscrits de Meynard, de Villon, et lisez-y les vers que demain, dans tous les journaux, notre poète honorera de son nom inconnu.

C'est ainsi que maints ignorans trafiquent de votre crédulité. Ah ! monsieur Public, que ne puis-je vous démasquer ces auteurs empruntés qui font sans cesse gémir la presse et leurs lecteurs. Quelle nuée de savans, d'histrions et de charlatans qui arrivent à la file !... Remarquez le premier qui passe, à la figure longue et blême, caricature assez mal fagotée. Est-ce un savant ? un philosophe ? tout ce que vous voudrez. Petit savant, petit auteur, petit philosophe, difficile à remarquer dans la foule. Il fait des descriptions, des cours, des essais, des observations, des objections, des pointes, des jeux de mots, des sarcasmes, des épigrammes ; il vous jette à la tête un fatras d'idées biscornues ; il vous enjolive tout cela d'un jargon doctrinaire, d'un vernis scientifique, et tout ce bavardage n'aboutit à rien.

Celui qui vient après est mis à la tête des romanciers du jour, et ne donne au moins ses rêveries que pour ce qu'elles sont. Tout ce qui sort de sa plume est marqué au coin de la folie et de l'esprit le plus dévergondé : cet auteur a su mieux qu'un autre accommoder son génie au goût du siècle. On admire la variété de ses tableaux, sa touche hardie, ses peintures originales, enluminées d'un coloris grotesque, son style léger, vif et brillant ; mais on lui reproche un libertinage d'esprit, poussé quelquefois à l'excès, des pensées licencieuses et des expressions trop souvent ordurières. On le blâme de s'être laissé entraîner par un cynisme révoltant ; il a répondu à cela à Barba, son libraire : il me faut de l'argent ; et il a trouvé le secret d'en gagner beaucoup; c'est le point essentiel aujourd'hui.

Quel est cet élégant suranné, parfumé, boursouflé et tiraillé à droite et à gauche, par tous ces jeunes gens qui lui font la cour ?

Aimable chansonnier, littérateur agréable et frivole; cours, athénées, lycées, spectacles, jeux, divertissemens, sociétés à la mode, on le voit partout; on le rencontre à chaque pas, colportant des volumes, des manuscrits de toute espèce, et vingt pièces par jour aux différens théâtres de Paris. Il a une fourmillière de collaborateurs; en tiers avec ceux-ci, en quart avec ceux-là, son unique occupation est de surveiller la besogne des auteurs, de corriger les fautes d'ortographes, de présenter, de lire et de faire jouer la pièce.

Cet auteur peut se vanter d'être utile à beaucoup de gens; mais quel est ce grave personnage à larges épaules, à l'énorme perruque, en habit gris, et en bas de laine dans toutes les saisons.

Un de plus fameux dramaturges, un des plus fougueux critiques du 19e siècle, fou de littérature et de philosophie, parlant bas-saxon en français, et couché dans le monstrueux almanach des grands génies d'Allemagne; cet homme est d'une générosité rare; il s'est mis pendant trente ans l'esprit à la torture, pour enrichir, à titre l'aumône, la langue française de mille mots tout neufs. On le disait à Charenton; mais c'est pure calomnie; il vient de publier un ouvrage qui prouve que tous les fous ne sont pas à Charenton.

Avouez, mon cher Public, que ce serait un beau livre à composer; et je crois fort utile, que l'histoire de toutes les folies et de toutes les extravagances des disciples d'Apollon; d'après cette faible esquisse des travers des poëtes, ne serait-on pas tenté d'appliquer à l'homme la définition de Milton *fair defect of nature*.

La Lorgnette des Coulisses.

Il fut un siècle où les arts et les sciences étendaient leur généreux empire dans la France. Les journalistes, alors, ne dominaient pas l'esprit public; ils ne le trompaient pas; ils ne l'égaraient pas dans le labyrinthe de l'imposture, dont ils se déclarent constamment les indiscrets monopoleurs. La vérité paraissait dans sa simplicité; des voiles épais ne la cachaient pas aux yeux de ses disciples. On l'aimait pour elle-même; c'était le plus bel éloge de l'âge heureux que Voltaire a immortalisé. Autres tems, autres règles. L'amour de la liberté qui enflammait jusqu'aux têtes les plus caduques, enfanta ces critiques journalières, sans lesquelles tout semblait anéanti, perdu à jamais, si la société, avide de pareilles rapsodies, n'en faisait son aliment chéri. La révolution opéra cette monstruosité, qui non seulement enleva la direction de la pensée, mais ravit encore à la haute littérature des hommes qui entraient avec enthousiasme dans l'arène de ce scandale facile. L'épigramme, la satire, l'indécence des personnalités, profitèrent à cette classe d'agitateurs qui voulaient remuer les brandons de la discorde. Le succès répondit à leur attente. On vit s'établir à Paris une vaste manufacture de poisons que l'on répandait dans tous les quartiers de cette Capitale, que Marivaux appèle avec tant de raison un Monde. Trop heureux les lettrés qui surent s'affranchir de cette mission ! Leurs ouvrages ont survécu à ces désastreuses époques, et la patrie a conservé précieusement leurs noms.

Mais si là patrie contemple ces productions ingénieuses, combien ne doit-elle pas gémir en voyant les avenues des beaux-arts assiégées par la médiocrité. Aujourd'hui, leur aspect est repoussant ; les satellites de la servitude osent entonner l'hymne de la liberté, comme s'ils avaient oublié leurs premiers pas vers le despotisme. D'autres, non moins Arlequins, non moins perfides que ces caméléons, prostituent leur plume en faveur de qui veut les humilier (*). Un journal est devenu, par ses défections et par ses tours de passe-passe, le modèle de ces dégoûtantes prostitutions. Plus loin, on aperçoit d'imberbes libellistes sacrifier aux regrets d'un refus le talent d'une actrice trop Lucrèce. A la vérité, grâce à l'extrême sensibilité de ces dames, ces exemples sont rares au tems où nous vivons. Il est certains feuilletonistes que la nature a abandonnés à ses outrages, et qui se plaignent des rigueurs de ces beautés cruelles !!!

Voilà les juges des Raynouard, des Lebrun, des Arnaud, des Dejouy, des Briffaut, des Andrieux, des Picard, des Désaugiers et des jeunes disciples qui consacrent leurs veilles au culte des neuf Sœurs.

(*) On pourrait citer la vénalité d'un rédacteur du *Journal de Paris* qui insère, sous le nom de *feu Geoffroy*, des articles où le fiel et l'envie remplacent l'esprit et la profondeur du jugement. C'est un salmigondis bien digne de la Minerve de MM***. Son talent ne ressuscitera jamais les morts, puisque ses traits ne blessent pas même les vivans.

Des Théâtres.

Le Théâtre Français, exploité par quatre artistes d'un mérité distingué, demeure en proie, du reste, à une inconcevable médiocrité. La vanité laisse dans l'inaction maints disciples doués d'heureuses dispositions. Des polichinelles, admis, on ignore pourquoi, au rang de sociétaires, ont si bien manœuvré que nul aspirant n'est parvenu à se faire écouter. Le Conservatoire où l'administration va choisir ses doublures et ses confidens, n'est qu'une école de mauvaises mœurs. Ce mot peut effaroucher les principes des professeurs de déclamation. Je m'explique : je n'entends parler que des mœurs dramatiques sur lesquelles je gloserais volontiers. L'imitation, la copie des vices des tragiques contemporains me semblent aussi pernicieuses à la prospérité des arts que les sociétés théâtrales me semblent incompatibles avec la raison et l'intérêt de l'Etat. Le Gouvernement abandonnera-t-il plus long-tems à l'anarchie, à la fureur et à l'injustice des passions ces Administrateurs ? n'est-il pas le protecteur né de ces institutions auxquelles se rattachent et la gloire de la littérature moderne et le maintien de notre supériorité en ce genre sur toutes les nations civilisées. En tolérant ces abus, en fermant les yeux sur les iniquités administratives, les ministres consommeraient l'œuvre de la destruction au profit d'intéressés à cette révolution presqu'inévitable.

Pour remédier à ces inconvéniens, l'autorité a cru devoir créer un *Second Théâtre Français*. Avant d'accorder ce privilége, elle n'a sans doute pas considéré qu'il n'existait réellement point de Théâtre Français. Pourrait-on appeler ainsi un théâtre qui ne s'honore que de deux talens célèbres? deux comédiens suffisent-ils jamais pour sanctionner un titre qui présente, en quelque sorte, une idée collective?

Le Second Théâtre n'est qu'une parodie des talens, des travers, des faiblesses de son aîné. Cependant, jusqu'à présent, louons le directeur qui, dans l'intérêt de la société, renonce aux jouissances qu'éprouvent les auteurs à faire représenter des ouvrages généralement estimés. Voilà un sarifice assurément digne d'éloges; si toutefois le systême des compensations du bon Azaïs ne vient pas contrarier nos félicitations.

La restauration de l'Odéon a été signalée par le début de deux jeunes poètes qui paraissent avoir pris Crébillon pour leur modèle. *Les Vêpres Siciliennes*, *Conradin et Frédéric* ont relevé la fortune des actionnaires que déjà *la Famille Glinet* avait sauvés du naufrage.

Mais, si ces ouvrages n'ont eu, ainsi que toutes les ingénieuses nouveautés, qu'une prospérité instantanée, *Charles de Navarre*, *un Moment d'Imprudence*, *l'Homme Poli*, *l'Artiste Ambitieux*, ont jeté le désespoir dans l'ame de M. Picard.

L'Homme aux Précautions (*) promettait des indemni-

(*) Chez Ponthieu, libraire, Palais-Royal.

tés; la pièce, d'abord accueillie avec la haîne de l'inimitié, est remarquable par de piquantes saillies, des peintures agréables des mœurs du jour; surtout la versification en est facile et spirituelle. Si l'auteur, auquel le public est redevable de tant de productions marquées au coin de l'originalité, ne se fut pas appesanti sur le ridicule des médecins, cette comédie aurait obtenu les honneurs de la vogue. M. Désaugiers jouit, à ce qu'il paraît, d'une vigoureuse santé, puisqu'il médit de la faculté avec l'assurance qu'il n'aura pas besoin de ses secours : tant mieux pour nos plaisirs, nous pouvons attendre encore des délices !

Des artistes semblent soutenir ce frêle édifice :

JOANNI. Singe de Talma; il commandait l'admiration des provinciaux. A Paris, ses actions sont à la baisse. Il est trop près du soleil ! !

VICTOR, malgré ses imperfections, annonce un tragédien d'un grand mérite.

ERIC-BERNARD ressemble assez à un *in-folio;* son volume, tant soit peu grotesque; nuit aux développemens de ses dispositions, qui sont par fois heureuses.

AUGUSTE, joint à une physionomie mâle une déclamation compassée; son ame s'émeut difficilement; d'ailleurs il est jeune, studieux : *vires acquirit eundo !*

LAFARGUE a surpris agréablement le parterre, qui croyait retrouver en lui *Vincent de Paul et Jean Sbogar!* ses talens se perfectionnent chaque jour.

PERROUD, DUPARRAI, DAVID, SAMSON ne cessent

d'être accueillis avec faveur. Nous ne parlerons pas de THÉNARD, de CHAZEL, de VALMORE ni d'ALEXANDRE, c'est le quatuor le plus ridicule que l'on puisse entendre.

Mlle FLEURY imite la chatte à merveille, ses minauderies conviennent ailleurs que sur la scène.

Mlle BROCARD a le don de parler aussi bas que le souffleur. Ce n'est pas timidité. On dit cette actrice peu *grammairienne*. C'est par égard pour sa langue, que ses poumons se montrent si faibles.

Quand elle se met en fureur, Mlle GUÉRIN a de beaux momens. Il faudrait la voir dans son ménage, elle doit être charmante! ! ! . . .

Il nous est impossible de prévoir la catastrophe qui menace d'engloutir directeurs, auteurs, acteurs et actrices au fond de l'abyme; mais, tel est l'augure! le moment n'est pas éloigné où ces établissemens fondés sur une rivalité mal entendue tomberont en décadence. Au lieu de s'attacher à subdiviser les administrations théâtrales, le gouvernement agirait avec prudence s'il concentrait en ses mains ces petites républiques qui se déclarent la guerre et que la faim accablera infailliblement.

PREMIER THÉATRE FRANÇAIS.

Marivaux s'exprimait ainsi, en parlant de certain valet qui s'amuse à faire de fausses confidences: *Il a bonne mine, mais il n'a pas l'air de ce qu'il est!*

Ne commettrais-je pas un sacrilége en osant comparer les grands maîtres de la rue *de Richelieu* à ce héros d'antichambre. Ma foi, hasardons le compliment de condoléance; ne cessons de répéter que les premiers sociétaires du temple de Thalie ont bonne mine, mais qu'ils sont loin d'avoir l'air de ce qu'ils sont. Si la suffisance, plusieurs gros d'orgueil, quelques doses non moins fortes de médiocrité, forment aujourd'hui les bases d'une réputation; si nous sommes changés à un tel point que les ridicules doivent remplacer le mérite, nous en convenons à regret, cette société se trouve au diapazon de sa vanité. L'on ne peut apercevoir rien de moins gracieux, rien de moins beau... Je ne parle ici que des grâces, que de la beauté du génie. D'ailleurs, au physique, les dames françaises méritent d'entrer dans le harem, là elles figureraient sans doute mieux que dans leur domicile actuel.

J.-J. Rousseau, qui survit aux orages et aux giboulées de l'esprit de parti, ne paraît pas enthousiaste du précepte d'Aristote, qui veut que la tragédie présente les hommes plus grands, et la comédie moindres qu'ils ne le sont en effet, l'imitation de l'une et de l'autre genre n'ayant pas besoin d'être rigoureusement asservie aux règles de la nature. Eh bien! le philosophe de Genève, à qui l'on reproche une originalité toute particulière, critique le ton, les manières, la rime et la pompe des compositions tragiques : ne serait-il pas à desirer, s'écrie J. Jacques, que nos sublimes auteurs daignassent descendre de leur continuelle élévation, et nous attendrir quelquefois pour l'humanité souffrante, de peur que, n'ayant de la pitié que pour des héros malheureux, nous n'en ayons jamais pour personne.

Quelles que soient les judicieuses critiques de l'auteur d'*Emile*, il n'en serait pas moins affligeant pour la littérature française que les poètes marchassent dans une route opposée à celle que Corneille, Racine et Voltaire ont parcourue avec tant et de si nobles succès. Lamothe-Houdard voulut aussi s'écarter des règles ordinaires, et rien ne paraît plus insipide que sa prose boussoufflée. Le rythme pompeux et cadencé de la versification semble avoir été inventé pour les sujets tragiques des Tantales et des Alcides, ou de la famille de Cadmus, pour les héros d'Homère, à cause du merveilleux. L'impuissance de s'illustrer en embrassant la cause ces princes lettrés est seule capable de produire des censures. Le rang qu'occupent nos anciens et nos modernes tragiques, nous garantit le maintien des principes suivis jusqu'alors. Les drames ne se sont que trop multipliés pendant l'interrègne du génie, pour croire que le public tolérerait patiemment un genre bâtard qui, malgré le succès de Beaumarchais, n'a jamais entraîné l'oubli de nos chefs-d'œuvre.

Cette année a vu éclore quatre tragédies : *Louis IX*, *Jeanne-d'Arc*, *Marie Stuart*, et tout récemment *Clovis*.

LAFON est beau dans le rôle de *Louis IX*. Mais c'est en vain que cet artiste, naguère l'idole du parterre, essaie de ressaisir un fleuron de la couronne qu'il a perdue. La gloire est une coquette qui nous quitte quand nous la négligeons. Son excessive indolence a conduit vers le léthé cet Orosmane si fier, si orgueilleux de faveurs passagères.

TALMA, au contraire, perfectionne chaque jour son talent ; *Leycester*, *Clovis*, renaissent en lui. Il prête à ces rôles le charme de la vérité et de l'intérêt. Partout il est sublime, partout il est supérieur à son prétendu rival.

MICHELOT dit bien, a de l'ame. Pour être parfait, il ne manque à sa taille que deux pouces de plus .... à quoi tient cependant la célébrité d'un artiste ? ...

LIGIER serait bien placé dans une cathédrale ; sa voix forte et sonore le recommande au maître-chantre de Notre-Dame.

Mlle DUCHESNOIS pleure à ravir ; son talent est dans ses larmes ; en Angleterre, cette actrice ferait fortune dans un convoi. C'est une charge qui en vaut bien une autre.

Mlle BOURGOIN :

Dans un salon doré, Zaïre, chaque soir,
Reçoit mille galans moins cruels qu'Orosmane.
Sa beauté les séduit, sa faiblesse les damne,
Aucun des aspirans ne s'en va sans espoir.

Jolie, bonne, aimable, compâtissante, Mlle Bourgoin devrait envier le sort des Circassiennes, plutôt que de chausser le cothurne qui n'est pas fait pour son pied... ou... je laisse à un cosaque le soin d'ajouter à la phrase.

Mme Paradol, prêtresse de Therspsicore, elle a déserté son temple, pour enrichir le Théâtre Français de ses talens. Douée d'une taille romaine, cette belle actrice mérite les applaudissemens du public. A la voir on ne dirait jamais que l'Opéra fut son berceau, tandis que mesdames Volnais et compagnie chantent à merveille les vers de leur rôle.

Il est question, grandement question à Favart du prochain début de la sentimentale pleurnicheuse. Ce serait une bonne fortune pour l'Académie; depuis long-tems ses Eurydices ne font plus que parler au lieu de chanter.

COMÉDIE.

La Comédie est le miroir fidèle des habitudes et des ridicules des peuples. Plaute et Térence brillaient à Rome par leurs compositions comiques. En France, malgré des imperfections, malgré une infinité de saillies hors du siècle, Molière acquit la réputation de peintre de nos moeurs. *Le Mysanthrope*, *le Tartuffe*, le placent au premier rang des poètes. Maints auteurs distingués ont aussi exploité son héritage, et nous pouvons nous glorifier de succès étonnans en ce genre. Piron, Destouches, La Chaussée, Regnard, Gresset, Marivaux, Beaumarchais, Colin-d'Harleville, entrèrent sans obstacles dans le temple de Thalie. De nos jours, MM. Picard, Étienne, Duval, Andrieux, ont surpris agréablement leurs contemporains. Il est d'autres hommes de lettres qui ont acquis des droits à notre admiration, mais ils n'ont pas encore devancé l'éloge de la postérité.

La Comédie Française est, sans contredit, la meilleure réunion des sujets de l'Europe. Notre supériorité est frappante. L'Angleterre se montrerait en vain jalouse de nos triomphes. Les artistes qui composent la société se recommandent à nos applaudissemens.

Mlle Mars. Il n'y a pas de mot dans notre langue qui puisse exprimer combien est admirable le talent de Mlle Mars.

Mlle Leverd. Cette actrice paraît en guerre avec le carême qui, comme on sait, prescrit l'abstinence. Le voyage qu'elle vient de faire n'a pas nui à ses intérêts ni à ceux de la Comédie Française. Plusieurs débutantes se sont mises sur les rangs et ont été favorablement accueillies.

Mlle Leverd ne cesse de briller par une finesse de jeu et une connaissance approfondie de la scène.

Mlle Demerson. Si les grimaces et les minauderies forment le cachet du talent, il faut convenir que cette *Finette* atteint parfaitement le but.

Mlle DUPONT ne suit pas les mêmes erremens. Son débit est vif, communicatif, entraînant ; c'est la perle des confidentes comiques.

Mme HERVEY, jadis le soleil du Vaudeville, n'est au Théâtre Français qu'une planète secondaire.

Mlle DEVIN. Heureux le spectateur qui peut jouir de sa perspective !

Mlle ROSE-DUPUIS. Belle, remplie de talens et d'aménité, cette actrice seconde dignement Elmire, son modèle.

Mlle SAINT-ANGE. Cette soubrette est bien nommée : tout est moëlleux chez elle.

DAMAS. Taille imposante, déclamation boursoufflée, voilà Damas !

ARMAND. Fat empesé, mauvais parodiste de nos plus célèbres comédiens. Qui penserait, en le voyant, que c'est l'héritier de *Fleury?*

CARTIGNY grimace à merveille.

FAURE, sans avoir l'orgueil de ce dernier, porte bien la livrée des *Frontin* et des *Lafleur.*

MICHOT, toujours le même, toujours gai, toujours entraînant!

BATISTE aîné devrait solliciter une place à l'un des télégraphes, car ses bras ressemblent assez à une de ces machines.

BATISTE cadet. Caricature originale et comique d'un excellent genre.

FIRMIN. Squelette ambulant; c'est dommage, ce jeune homme est pourvu de chaleur et de sensibilité.

VIGNY a du naturel.

COSSARD est surnommé, au contraire, l'artificiel.

J'oubliais MONROSE qui a laissé bien loin derrière lui Thénard et consorts, et qu'une maladie grave éloignait du théâtre. On annonce sa résurrection, c'est promettre aux Parisiens des soirées délectables.

Le Flatteur a passablement diverti l'auditoire. M. Gosse compose des proverbes, il aurait dû se rappeler le mot si connu du gage touché :

Qui compte sans son hôte, compte deux fois !!....

Le Folliculaire de M. Delaville mérite une mention honorable.

Quant à son *Artaxerce*, nous félicitons les Bordelais de leur indulgence. M. Picard n'a pas fait preuve d'adresse en le plaçant en parallèle avec la tragédie de M. Delrieu. C'était nous rappeler les beaux jours de Saint-Prix; notre curiosité n'a pas même obtenu de compensation.

ACADÉMIE ROYALE DE MUSIQUE.

Chanteurs. . . . .
Orchestre. . . . .
Décors . . . .
Chorégraphes, *superеminent omnes!*

Administration, le directeur a la goutte et le caissier est à la campagne.

Attendons l'ouverture de la nouvelle salle; dans cinq à six ans, nous pourrons espérer des métamorphoses !

OPÉRA-COMIQUE.

La fortune sourit aux efforts de cette administration qui montre une activité peu commune: *la Bergère Châtelaine*, *les Voitures Versées*, *la Jeune Tante*, et par-dessus tout la musique délicieuse de Boyeldieu, concourent à ces justes succès.

Si nous attaquons la médiocrité, nous ne pouvons passer sous silence le mérite d'artistes, dont la voix et le comique nous charment chaque jour :

Divine DURET, paraissez; venez recevoir l'encens qui vous est dû.

Approchez, aimable REGNAULT, vous offrez à l'admiration des perfections non moins brillantes que la célèbre Catalani.

Et vous gracieuse PALLARD, vous chez qui le talent devança les années, Paris vous place auprès de ces deux virtuoses. En vain la cabale des coulisses vous prive de certains rôles, nous vous apprécions, et nous voyons des lacunes partout où vous n'êtes pas.

Quant à vous, Mme BOULANGER, si vous savez porter le tablier, vous traînez mal la queue. Nous apercevons avec peine que vous sortez souvent de l'emploi qui vous convient et où vous brillez.

Mme GAVAUDAN! Il y a quinze ans que cette piquante actrice fait nos délices, et il nous semble qu'il n'y a qu'un jour.

Mme BELMONT n'est plus qu'une étoile presqu'imperceptible.

Mlle MORE est fort jolie; malheureusement au théâtre le physique et les mœurs sont de mauvais aloi, quand on n'y réunit pas des talens. Cette actrice, qui joint une mauvaise méthode à des minauderies ridicules, est néanmoins bien vue du parterre. C'est une preuve de galanterie.

Mlle DESBROSSES manque de naturel et de chaleur.

MARTIN! Si le Théâtre Français s'honore des talens de Talma, Feydeau peut se glorifier de Martin. Il est en quelque sorte supérieur à lui-même. Jamais *Picaros*, jamais *Colin*, jamais *Joconde*, n'ont été aussi comiquement représentés.

PONCHARD. Cet acteur a la voix aussi brillante que celle d'Elleviou ; son jeu est séduisant ; malgré l'exiguïté de sa physionomie, il soutient avec Martin une bonne partie de l'édifice lyri-comique.

LEMONNIER prend les leçons de son épouse ; c'est dire que l'hymen lui sera profitable.

CHENARD, sujet nécessaire.

DARANCOURT prétend en vain devenir son successeur : crier n'est pas chanter.

Depuis quelques tems PAUL se livre au genre mécanique, plutôt que de réaliser l'espérance qu'il avait fait concevoir lors de ses débuts. On ne peut cependant lui refuser un jeu franc et facile.

HUET. Cet acteur qui manque de voix, s'est créé, à force d'études, une méthode qui lui réussit. Le public l'accueille avec plaisir.

Le reste ne vaut pas l'honneur d'être nommé.

VAUDEVILLE.

LA désertion mal réfléchie de Mme PERRIN a stimulé le zèle et l'intelligence de Mlle LUCIE qui, quoi qu'on en dise, chante mieux que la belle fugitive.

Mlle Victorine, autre cosmopolyte, annonce d'heureuses intentions. Cette actrice a de la jeunesse, des grâces et beaucoup de finesse; nous sommes persuadés que, malgré sa coquetterie et la constance de ses caprices (elle ne reste pas en place) elle fera oublier au grand chagrin de ses prétendues rivales *le Petit dragon* et *la Somnambule.*

A Paris, on a l'usage de s'engouer tout-à-coup de belles imperfections. Telle est la cause de la fortune de Mme Perrin qui, d'ailleurs, n'avait créé que trois rôles, où ses minauderies agaçantes triomphaient souvent du bon goût. Comme il serait inconvenant d'établir une accusation sans preuves, nous dirons que, dans la *Somnanbule,* cette actrice ne montrait pas la vivacité que l'on doit supposer aux personnes affectées de ces sensations nocturnes. Peut-être aussi était-ce le résultat de la mélancolie qui se peint sur tous les traits de cette jolie et aimable actrice. On prétend que Mme Perrin se propose de chanter l'Opéra-Comique, ce serait le *nec plus ultrà* de la démence. Sa voix, faible, par fois sourde, serait étouffée par l'orchestre. Eh! ne nous semble-t-il pas déjà entendre Jenny Vertpré chanter le beau morceau de *Didon!*

Nous conseillons à l'habile et joyeux directeur de ce théâtre de ne pas cesser de veiller à nos plaisirs; ses folies et celles de son digne collègue Gentil nous ramènent à ces tems heureux où Piron, Collé et Panard charmaient tout Paris par leurs saillies et leurs bons mots. Les ennemis jaloux de M. Désaugiers ont beau se remuer pour troubler ses succès et chagriner sa muse, l'esprit est toujours esprit, et toujours Désaugiers sera le grand-prêtre de Momus.

GYMNASE-DRAMATIQUE.

Une discussion du premier ordre s'est élevée au Conseil-d'État, relativement à l'institution d'un *Gymnase-Dramatique*; M. Delestre Poirson, gratifié par l'ex-ministre de l'intérieur, de ce privilége, on ne sait pourquoi, vient de triompher. Malgré cette décision, que je crois contraire à la prospérité dramatique, je pourrais observer que le Gouvernement, au lieu d'augmenter le nombre des théâtres, devrait les restreindre et conserver dans ses propres mains les rênes de l'Administration, ainsi que tout ce qui a rapport aux débuts et à la réception des pièces.

Il y a bien des censeurs *ad hoc*, pour les journaux; pourquoi refuserait-on aux acteurs une justice qu'ils attendent en vain de Juges prévenus, Auteurs, Acteurs, Régisseurs, Sociétaires en même-tems. Les abus sont inhérens à l'espèce humaine et à ses actions. Mais, comme il est possible de remédier à ces iniquités patentes, je défendrai toujours les intérêts des personnes qui se vouent à l'art théâtral.

VARIÉTÉS.

Les Administrateurs de ce Théâtre ont encore à leur service de jeunes auteurs qui courent de succès en succès

Parmi eux se trouvent MM. *Carmouche* et *Gabrielle*, qui saisissent heureusement le genre de la parodie. *Marie Suart* n'a rien à envier à *Procida*. Nul théâtre montre plus d'activité que les Variétés. On ne s'aperçoit pas de l'escapade de POTIER ; LEGRAND et HONORÉ marchent à grands pas vers le domaine de la farce.

Je ne parlerai pas de BRUNET, il y a trente-cinq ans qu'il joue les Jocrisses; son compère M. DUVAL et lui sont de vieilles et bonnes connaissances qui ont toujours pour le public le mérite de la nouveauté.

PORTE SAINT-MARTIN.

Ce Théâtre trafique de ses 99 *Victimes*, Les *Petites Danaïdes*, parmi lesquelles on remarque des Vestales de cinq pieds dix pouces, ne cessent d'obtenir la vogue. Le Directeur se met en quatre pour réussir ; jusqu'à ce jour ses efforts ne restent pas sans fruit.

Le Vampire a rapporté d'abondantes recettes, et *Mahomet II* en promet cet hiver.

Mlle JENNY VERTPRÉ, qui n'a pas la taille d'une Danaïde, est toujours l'enfant gâté du parterre.

Les vaudevilles pullulent à ce théâtre. MM. Rougemont, Maréchalle et Carmouche sont les fournisseurs à la mode. Quoique ce dernier et jeune auteur vienne d'éprouver un échec que Potier, par son irrévérence, n'a pas su prévenir, il est en fond, avec de l'esprit on se ménage toujours des succès.

Comme tout éloge réclame une compensation, nous observerons à M. Lefeuve qu'il a tort de multiplier des utilités très-inutiles dont sa troupe se voit surchargée. Ce surcroît coûte cher et ne rapporte rien.

Les ballets de ce Théâtre rivalisent avec ceux de l'Opéra actuel; M. Blache ne laisse rien à desirer à nos vœux.

AMBIGU-COMIQUE.

L'Ambigu soutient sa prospérité; l'intérêt que M. Audinot a naguère accordé dans les bénéfices à M. Varez, comme le prix de ses soins et de ses travaux, assure au directeur la fortune qu'il mérite.

GAÎTÉ.

Depuis plusieurs mois, on remarque à ce théâtre un découragement qui pourrait bien provenir de l'indifférence de l'Administration. Les acteurs aussi, au lieu de s'occuper de leur état, dissertent sur la politique, et font des commentaires où l'esprit de parti seul semble dominer. C'est à cette manie détestable de vouloir s'immiscer sans mandat dans les affaires publiques que l'on doit attribuer le silence de M. Dubois, relativement à l'heureux événement que la France entière a célébré. Il serait utile d'afficher un réglement dans chaque foyer, afin d'empêcher ceux que le Gouvernement protége dans les amusemens destinés au peuple, de calomnier les intentions d'un monarque qui nous a rendu deux fois la liberté.

Ce théatre est exploité par de bons acteurs : *Ferdinand*, *Dumesnil*, *Basnage*, *Grévin*, Mesdames *Adolphe*, *Rouzé-Bourgeois*, voire même Mademoiselle *Letourneur*, qui développe de l'intelligence.

Je ne parlerai pas de Mlle ADÈLE DUPUIS, c'est l'ange tutélaire de la Gaîté. De toutes les actrices du boulevard, c'est elle qui dit le mieux le mélodrame.

Les Ballets sont aussi fort jolis, fort gracieux. M. Lefebvre, qui brilla, comme chorégraphe, à Marseille et à Lyon, entretient le feu sacré de la chérographie, dans ce temple, hélas! où Comus faisait, il y a peu de mois encore sonner ses grelots!!

Petit, *Chéza*, *Mesdames* *Aurore*, *Salkin*, *Lebel*, étaient destinés à propager nos plaisirs....

Mais il ne faut qu'un bon ouvrage, la Gaîté renaîtra de ses cendres.

CIRQUE OLYMPIQUE.

MM. FRANCONI frères, plus amis que personne des Parisiens dont ils envient les suffrages, montent avec un soin extrême leurs mimo-drames. L'équitation est supérieure dans leur manége à tout ce que nous avons vu jusqu'ici. Les frais considérables qu'une telle entreprise entraîne commandent l'intérêt et la faveur. Aussi ces habiles Ecuyers n'ont-ils qu'à se louer de leurs heureux efforts.

Nous ne pouvons mieux terminer ces observations qui se rattachent à l'art dramatique que par une anecdote, dont nous garantissons l'authenticité :

Il est des Auteurs privilégiés qui, journellement, font jouer leurs rapsodies. Nous pourrions citer les doyens entourés d'une vénération ridicule. Ces Mélodramaturges montent alternativement la garde à la porte des comités. Ils en défendent l'entrée aux jeunes solliciteurs qui, comme on sait, ont mille fois plus d'esprit que ces insolens pédagogues. Aussi ne lisons-nous sur les affiches que les noms de MM. tels et tels, qui, seuls, ont le droit de réception, d'audition et de représentation. L'arène de l'intrigue est ouverte à ces faux érudits ; ils se bornent à guerroyer entre eux, parce qu'ils envisagent les postulans comme des moutons qu'ils vont égorger, afin de s'enrichir de leur toison..... A peine des néophytes obtiennent-ils la justice de faire représenter une comédie, ou une bluette. Encore sont-ils contraints de sacrifier moitié ou trois quarts du prix de leur composition en faveur d'intéressés régisseurs..... Bientôt nous verrons que, comme ces débutans qui, au théâtre de *Chantereine*, vendent leur garde-robe, pour jouer, les auteurs seront obligés de payer un droit pour obtenir la représentation de leurs ouvrages.

Un plaisant a composé un traité pour obtenir des places; nous sommes souvent tentés d'en composer un, nous, pour réussir au théâtre. Mais, sur notre foi, le courage nous manque. Jugez, lecteurs, si après huit jours de sollicitations entières, nous ne devons pas être dégoûtés de la mode.

Sachant que les bontés des dames nous mènent à tout, nous nous avisâmes, il y a quelques mois d'aller frapper à la porte de la maîtresse d'un directeur... Nous nous intéressions beaucoup au succès d'une monstruosité, vulgairement appelée mélodrame. Alphonse, auteur de cette *sublime* production, me dit:

Mon ami, tu peux me sauver la vie! voilà la porte, et parle pour moi:

Me rappelant les vers de Voltaire sur l'amitié, et tout fier de ne pas ressembler aux potentats qui, suivant la parole du philosophe, en méconnaissent le prix, je frappe, on ouvre. On m'introduit au fond d'un pavillon, où la Zétulbé était assise au milieu d'un groupe d'hommes, dont la vue et les gestes me paraissaient suspects.

Madame... est une grosse brune grimaçant au lieu de sourire, ouvrant la bouche jusqu'aux oreilles, pour faire admirer ses dents, mise des plus élégantes, chapeau rose, touffe de lilas, schall en sautoir, peigne en carquois, dentelles ramassant la poussière, ôtant et remettant ses gants pour montrer ses bijoux, surchargée d'embompoint et blanchie à tromper l'œil le plus clairvoyant.

Le singulier maintien de cette dame, qui me regardait à peine, excite mon hilarité. Que de minauderies, que de grâces étudiées!... avec quel art elle sait, d'un moment à l'autre, se plaindre de la châleur pour retirer son schall, afficher une toux légère, pour le remettre, et découvrir son sein et ses épaules ! que de manéges indécens et perfides (1). Rien n'échappe à mes yeux attentifs... Des quatre individus qui l'entourent trois la flagornent, et l'autre ne dit mot... Deux hommes à ses côtés, un autre pressant ses genoux par devant, et le quatrième assis derrière elle. Sa main droite dessous son cachemire, serrant celle du favori d'hier; la main gauche abandonnée à celui de demain; la belle enfin tournant la tête pour jeter un coup d'œil sur le soupirant du jour, dont le visage est collé sur son épaule, et assise de profil, le voile avancé sur les yeux, pour empêcher le *Monsieur* (2), placé à sa droite, d'apercevoir ces différens manéges.

Madame se trouvait si bien dans cette position qu'elle ne faisait seulement pas semblant de m'apercevoir. J'avais beau me démener, me contorser, m'agenouiller, en quelque sorte, pour l'instruire de l'objet de ma visite, on ne me regardait pas. Enfin, lassé de tant d'impertinences, je hasardai quelques questions :

C'est à vous, Monsieur, dis-je au *Monsieur*, qu'il faut que je m'adresse pour la réception d'une pièce remplie d'intérêt et de situations vraiment pathétiques.— Je n'en doute pas; mais il y a tant et tant d'auteurs! comment est intitulé votre mélodrame? — *La Descente d'Énée aux Enfers.* — Diable! cela fera du tapage; tant mieux; nous aimons le charivari. Madame pourrait jouer le rôle de Proserpine. — Et vous celui de Pluton, sans

---

(1) C'était le mois d'août dernier que l'anecdote est arrivée.

(2) Mot à la mode.

difficulté. — J'y pensais. — C'est flatteur ! — Etes-vous seul ? — Monsieur, pas précisément ! nous sommes deux coupables. — Le nom de votre adjoint ?

Son nom est inconnu ; mais il peut avec gloire ,
Aller avec Guilbert au temple de mémoire.

Je n'en doute pas. C'est fâcheux. Telle est notre habitude :

Le nom ici fait tout . . . .
— Eh ! le mérite ? rien.
J'y songe, vous pouvez devenir le soutien
De notre jeune muse. Ecoutez, je propose
Un quart de part. — Sachez que je dispose,
Sans l'aveu d'un ami. — Cela vaut beaucoup mieux.
Moitié, si vous voulez.
— Que je suis malheureux !
— Malheureux, dites-vous : sachez que c'est par grâce,
Et vu le titre aussi qui me semble ronflant,
Que nous vous accordons pour Énée une place !...

J'acquiesçais à la cupidité du directeur, lorsque sa Zetulbé me prit à part. Eh ! moi, qu'aurai-je, dit-elle... En vérité, je me croyais dans la forêt de Bondy. Puisse le fils d'Anchise ne jamais voir le jour plutôt que d'être obligé de marchander mon héros !

Je fais une pirouette. Je quitte le *désintéressé* Directeur en me promettant bien de m'en venger à la première rencontre. Je consolai mon ami de cette disgrâce ; mais nous jurâmes ensemble de dévoiler les turpitudes, les travers et les intrigues de ces Vampires éhontés qui s'intitulent hautement les usuriers de l'art dramatique.

PORTRAIT D'UN AUTEUR.

Chanson.

Air : Je ne veux pas que l'on dise.

J'ai du goût, j'ai du mérite ;
Je compose chaque jour.
Mais, si je n'avais Ariste,
Mon esprit serait trop lourd.
Etourdi, léger, aimable,
Je tourne bien le couplet ;
Mais, vrai, je suis *détestable*,
Si mon ami ne le fait.

Jadis, seul, de ma Minerve
Je tirai des vers heureux ;
Hélas ! j'ai perdu ma verve,
Mais Ariste en a pour deux.
Si l'on applaudit Ariste,
Pour moi, je prends les bravos.
Mais si j'entends siffler, vite
Je sais filer à propos.

Je chéris cette méthode,
Elle m'a valu de l'or.
Je la trouve trop commode
Pour y renoncer encor.
J'aime Ariste à la folie,
Je lui dois tous mes talens ;
C'est ainsi que dans la vie
Chacun se donne des gants.

FIN.

www.ingramcontent.com/pod-product-compliance
Ingram Content Group UK Ltd.
Pitfield, Milton Keynes, MK11 3LW, UK
UKHW020435220726
13923UKWH00005B/2183